EL POETA ABURRIDO

Ramón de la Cruz

El teatro representa la sala de ensayos, algunas señoras estarán repasando música con el guitarrista, para lo cual bastará cualquiera coro que sea festivo, y acompañe la orquesta. MARTÍNEZ se paseará pensativo, y GARRIDO y CORONADO estarán hablando, sentados a un lado del teatro.

GRANADINA   Señor autor, me parece
que tarda mucho el poeta
que nos ofreció traer
los sainetes de esta fiesta.

MARTÍNEZ   Más tarda la compañía,
que debiera estar completa,
según estaba citada
antes de las ocho y media
para oírlos, y a las nueve
aún no hay traza de que vengan.

GRANADINA   A bien que yo estoy aquí.

GARRIDO   ¿Adónde se consintiera
que nosotras madruguemos
tanto y que los hombres duerman
hasta que se les dé la gana?

PONCHA   ¡Si esto es una desvergüenza!

MORALES   Yo no vengo hasta las diez

mañana.

ANTONIA Yo no viniera
muchos días a las once,
pero mi madre me arrea
que rabia.

CORONADO Mientras que vienen,
vamos a dar una vuelta
a la plaza, a ver si hay algo
de provecho o fruta nueva
sazonada.

GARRIDO Como usted
me convide, norabuena;
porque yo no tengo un cuarto,

CORONADO Te llevaré a la derecha
y te dejaré pagar.

GARRIDO Sería hacer dos ofensas
a la antigüedad de usted;
no, señor; yo iré a la izquierda
y detrás, como lacayo,
y lo que se compre, mientras
usted lo fuere pagando,
cargaré con ello a cuestas.

(Salen algunos.)

ALGUNOS Deo gracias.

MARTÍNEZ ¡A buena hora!

RAMOS No es tan mala que no pueda
       ganar la palmeta a muchos.

NAVAS Si se usara la palmeta,
       ¡cuántos compañeros hay
       que sin manos estuvieran!

(Salen SOBRESALIENTA y GUZMANA.**)**

SOBRESALIENTA
y   ¿Venimos muy tarde?
GUZMANA

GRANADINA Sí;
           pero la fortuna vuestra
           es que no habéis hecho falta.

GARRIDO Sino a mí, que en tus ausencias
         estoy como el olmo triste
         que desampara la yedra.

GUZMANA Quita de ahí, zalamerote.

(Llaman.)

GRANADINA Mirad quién llama a la puerta.

MARTÍNEZ Pase adelante quien fuere.

(Sale DON JUSTO, **de militar.)**

DON
JUSTO Señores, a la obediencia

de ustedes.

MARTÍNEZ Señor don Justo,
muy bien venido.

CORONADO El poeta.

MARTÍNEZ ¡Poeta y justo! Sin duda
que serán sus obras buenas.

CORONADO Allá se verá.
Sentaos.
(Se sientan.)

GUZMANA ¿Me ha puesto usted alguna pieza
de primor?

NAVAS ¿Hay cosa donde
un hombre la mano meta?

DON
JUSTO   No lo sé.

NAVAS   ¿Pues quién lo sabe?

DON
JUSTO   La idea sólo; porque ella
           ha de elegir los actores
           más propios a sus escenas,
           alternando en el trabajo
           todos, según las ideas.

MARTÍNEZ   Dice bien.

CORONADO   Parece serio.

GARRIDO   Pues si lo es, haga comedias
           y no sainetes, que es cosa
           fácil, alegre y ligera.

CORONADO   Así dicen, pero dice
           lo contrario la experiencia.

MARTÍNEZ   Señores, ¿estamos todos?

GRANADINA No, pero no se detenga
           usted, que, los que avisados
           no vienen, señal que aprueban.

DON
JUSTO   Pues en esa confianza,
           señoritas, aquí cerca;
           caballeros, atención.
           (Saca algunos papeles.)

GUZMANA ¿Cuántos hay?

DON
JUSTO   Media docena,
               para que ustedes elijan
               los que mejor les parezca.

TODOS   ¡Viva!

VOZ   ¿Está en casa Martínez?
                 (Dentro.)

MARTÍNEZ Respondan que no. Usted lea.

DON
JUSTO   El primero es de un abate
               que, sin vocación ni letras,
               come el pan de otro ministro
               más útil para la iglesia.

TODOS   Buen asunto.

(Sale un ABATE.**)**

ABATE   Si está usted
               en casa, ¿por qué se niega?

GRANADINA Sin duda el diablo le dijo
               que a tan buena ocasión venga.

MARTÍNEZ   Estábamos ocupados.
           Si a usted le parece..., vuelva
           otro día.

ABATE   Mi visita
           será muy breve y mi arenga
           mucho más.

MARTÍNEZ   Pues diga usted
           todo lo que se le ofrezca.

ABATE   Que usted no vuelva a sacar
           en entremés, en comedia,
           tonadilla ni sainete
           abate alguno, so pena
           de amotinar medio pueblo
           contra las mejores fiestas;
           darles palmadas de moda
           y no permitir que vengan
           las damas que protegemos
           por ningún motivo a verlas.

DON   Señor, es pleito vencido
JUSTO   que en toda la Europa sean
           los abates el objeto
           ridículo de la escena.

ABATE   Aquí no queremos serlo,
           porque no nos tiene cuenta;
           esto es en pocas palabras.
           Haga lo que le convenga.

(Vase.)

MARTÍNEZ Aguarde usted.
Déjalo,
que si por todos se empeña
en perseguirnos a todos,
es preciso que obedezcas;
que es mal contrario un abate
cuando declara la guerra.

GARRIDO ¿Guerra? ¿Y dónde están las armas?

DON ¿Qué más armas que la lengua?
JUSTO Conque éste no sirve; vamos
a otro.

GUZMANA La dicha nuestra
es que haya en qué escoger.

DON Éste es de una petimetra
JUSTO que gasta en sus diversiones
y sus adornos más renta,
en un mes, que su marido
tiene de salario en treinta.

SOBRESALIENTA ¿Y qué se mete usted en eso?
(Se levanta.)
¿Saca de la papelera
suya el dinero que gasta,
ni usted le paga sus deudas?

GRANADINA ¿Si ella tiene algún arbitrio,

(Se levanta.)
o alguna mina encubierta,
dice muy bien: cada uno
se ingenia como se ingenia.

GUZMANA Pero ¿qué le importa a nadie
    (Se levanta.)
que gasten y se diviertan,
ni por qué se han de quejar
si el marido no se queja?

DON
JUSTO Por lo mismo es el asunto
más propio para la escena,
donde ese mal matrimonio
se ve copiado y se afrenta;
y lo que hoy le desazona,
quizá mañana lo enmienda.

TODAS Sin embargo, es mal asunto.

UNOS Vaya fuera.

OTROS Vaya fuera.

DON
JUSTO Vaya otro sobre cortejos.

GRANADINA ¿Se trata de que no sean
miserables ni celosos
y den a las que cortejan
cuanto pidan?

DON
JUSTO   Al contrario.

GRANADINA Pues tampoco es buena idea.

(Sale un VIEJO, con capa de grana, y una MUCHACHA.)

VIEJO   ¡Alabado sea el Señor!
         No te quedes a la puerta.

MUCHACHA Despacha, que aquí te espero.

VIEJO   ¿Qué te tapas? Vamos, entra,
         que bien se puede saber
         que me quieres sin vergüenza.

MARTÍNEZ ¿Qué manda usted?

VIEJO   Lo que mando
         es que usted no se me atreva
         hacer otra vez sainetes
         de viejos que galantean,
         ni a enseñar a las muchachas
         que nos saquen la moneda
         y nos dejen luego alpiste,
         que bastante saben ellas,

DON
JUSTO   Esos caracteres nunca
         se sacan porque no sepan
         ellas más de lo preciso,

sino porque ustedes vean
lo desairada que está
la nieve en la primavera.

GARRIDO   Me parece que usted sabe
muy poco de esas materias:
nunca es más útil la nieve
que cuando el calor aprieta.

SOBRESALIENTA ¿Y usted gusta de este mueble,
siendo tan niña y tan bella?

MUCHACHA Amiga, ¿qué quiere usted?
Si de la elección pendieran
patria, padres y cortejos,
habría pocas plebeyas,
todas las mozas serían
de Cádiz o aragonesas
y no tendrían jamás
vacaciones ni cuaresma.
Pero como es necesario
que se sujete a su estrella
cada una, se conforma
con lo más útil que encuentra.

VIEJO   Señor Martínez, cuidado,
que no quiero yo que sepan
que cortejo esta muchacha,
y si vengo a la comedia
me señalen con el dedo.

DON   Pues dígame usted: ¿no fuera

JUSTO   más propio que la dejase?

VIEJO   ¿Dejarla yo?¡Qué simpleza!
           Cuatro muelas tengo, y antes
           dejaré las cuatro muelas.

GARRIDO   Y el corazón y los ojos
           dejarían, como dejan
           la vida, los viejos antes
           que los vicios y pesetas.

VIEJO   ¿En qué quedamos?

GRANADINA En que
           para siempre se destierran
           los sainetes de cortejos,
           que no divierten las hembras
           y escaman a los varones,

VIEJO   Sea muy enhorabuena.
           (Vanse los dos.)

TODOS   Vaya otro.

DON   ¡Qué brava gente!
JUSTO   Dios me dé por hoy paciencia.
           Trata el cuarto de una junta
           de la compañía entera,
           sobre la elección de autor,
           suponiendo que lo era
           usté y murió de repente.

MARTÍNEZ Agradezco la fineza.

(Sale un ERUDITO, **de militar de moda.)**

ERUDITO   Amigo y señor Martínez.

MARTÍNEZ Téngalas usted muy buenas
          y diga lo que me manda.

ERUDITO   Tome usted esa silleta
          y oiga de un apasionado
          erudito que le aprecia
          un consejo.

GARRIDO ¿Si será
          erudito a la violeta?

CORONADO Sus obras y sus palabras
          hablen.

MARTÍNEZ Decid.

ERUDITO De manera
          que yo estoy interesado
          en que el teatro aparezca
          de repente corregido
          y brillante con mi escuela.
          Para esto es menester
          que usted queme sus comedias,

a excepción de diez o doce
que dicen que son muy buenas.

MARTÍNEZ ¿Y cuáles son?

ERUDITO Yo no sé,
pero queda de mi cuenta
preguntarlo y avisar.
Usted ha de hacer zarzuelas
que tengan menos defectos
que las mejores tragedias.

MARTÍNEZ ¡Ahí es nada lo que pide!

DON
JUSTO   Eso no es fácil.

ERUDITO Hacerlas.

DON
JUSTO   ¿Y usted por qué no las hace?

ERUDITO Para eso sé deshacerlas.
No ha de sacar al tablado
los vicios de nuestra era
para que sirvan de risa.

DON   Con dos preceptos enseña
JUSTO   todo lo contrario Horacio.

GRANADINA Usted calle, en penitencia
del pecado de escribir
versos.

ERUDITO   Las obras que sean
de muy pocos personajes,
y de ninguna manera
ustedes como quien son
han de hacer papel en ellas;
y, sobre todo, lo que
todo el buen orden altera
de una república culta,
lo que el buen gusto reprueba,
lo que escandaliza al mundo
porque no hay en él idea
ni ejemplar de tal abuso,
es aquella expresión necia
de pedir todos, al fin,
«perdón de las faltas nuestras».
Hasta aquí pudo llegar
 (Se levanta.)
mi oración y mi paciencia.

DON   Y la mía. ¿Cómo es eso
JUSTO   **(Se levantan todos.)**
de que ejemplares no tengan
los abusos que propone
de representar escenas
entre muchos, y los mismos
actores que representan?
¿Cuántas piezas quiere usted
italianas y francesas
escritas así y escritas
por sus mejores poetas
cómicos? Y en cuanto a que
se finalicen las piezas
(que por obras puede ser

que usted y otros no lo entiendan)
con la debida atención
al público, decid: ¿qué era
el *plaudite* de Terencio?
¿Y qué son en Francia aquellas
entradas de los bailetes,
adonde la última letra
que se canta trata siempre
de conseguir indulgencia?
Y por esto ha de decirse
que todas las obras pecan
contra el arte y son indignas
todas...

MARTÍNEZ   Usted se contenga.

DON
JUSTO   No quiero; y sepan ustedes
que en Madrid sobran poetas
que no dan muchas funciones
por no exponerse a la necia
crítica de semisabios
sin acierto niexperiencia.
Queden ustedes con Dios,
y pues hay quien tanto sepa,
salga al público, que él es
quien hace justicia seca.
(Vase.)

MARTÍNEZ   El asunto es perseguirle
de muerte. ¡Detente, espera!
(Vase.)

GARRIDO	Pues le sigues y persigues
en vano, que el otro vuela.

NAVAS	¡Pues hemos quedado frescos!

GUZMANA	La única cosa que hay buena
es haber averiguado
la causa por que se niegan
tantos a escribir.

MARTÍNEZ	Es cierto;
pues ¿a quién no desalienta
camino tan escabroso
que en cada paso tropieza
y en que hay tantos que censuren
y tan pocos que agradezcan?

GARRIDO	¿Y qué haremos sin sainetes?

GRANADINA	Tal cual para fin de fiesta
allí hay uno, sin cortejos,
abates, que pocos entran
y todos somos supuestos.
Conque en quitándole aquella
conterilla de las «faltas»,
será una cosa perfecta.

MARTÍNEZ	Por fin algo se remedia.

GARRIDO	¿Y por entremés?

GRANADINA Se hace
una introducción ligera
y que cante Antonia Blanco
una tonadilla nueva.

ANTONIA ¿Yo? ¿No hay otra más bonita?

GRANADINA No.

ANTONIA Pues todas sois muy feas.

MARTÍNEZ Ya te puedes prevenir.

ANTONIA Yo, protestando la fuerza,
cantaré.

GRANADINA Canta y confía,
pues sabes que te toleran.

GARRIDO Y por alentarte, sin
que los críticos lo sepan,
pediremos muy quedito
perdón de las faltas nuestras.

TODOS Pediremos muy quedito
perdón de las faltas nuestras.